KB126479

흑백 한 문장

박은형

경상남도 창원에서 태어났다.
2013년 『애지』를 통해 시인으로 등단했다.
시집 『흑백 한 문장』을 썼다.

파란시선 0070 흑백 한 문장

1판 1쇄 펴낸날 2020년 11월 10일
지은이 박은형
디자인 최선영
인쇄인 (주)두경 정지오
펴낸이 채상우
펴낸곳 (주)함께하는출판그룹파란
등록번호 제2015-000068호
등록일자 2015년 9월 15일
주소 (10387) 경기도 고양시 일산서구 중앙로 1455 대우시티프라자 B1 202호
전화 031-919-4288
팩스 031-919-4287
모바일팩스 0504-441-3439
이메일 bookparan2015@hanmail.net

ⓒ박은형, 2020, printed in Seoul, Korea

ISBN 979-11-87756-83-5 03810

값 10,000원

흑백 한 문장

박은형 시집

시인의 말

지나온 모든 가을처럼
마음에 붉은 반점이 돋았다

가까이 있으려고
당신과 멀어지는 날들이다

차례

시인의 말

해설

제1부

박꽃

    저녁의 단문이어서 흰, 태생이 후렴이어서 흰, 들키지 말라고 아니 들키라고 흰, 될 대로 되라고 문틈에 끼워 놓은 조바심이라서 흰, 등대처럼 한 송이로 무성해서 흰, 꽉 들어찼음에도 자꾸 쏠리는 눈자위라서 흰, 모르게 져 버리는 미혹이라서 흰,

    당신이라는 단 한 번의 미지

연두

주남지 왕버들이 연두를 시동 겁니다
넌짓한 마음을 단숨에 뜯어내는 승냥이 떼 같습니다

늦으면 늦은 대로 연두를 따라붙으려
두툼하게 녹이 난 슬픔이나
생애 첫 연서의 무용한 형식에 대해 고심합니다

일몰의 긴 회랑이라면 눈부신 졸음
폐역의 늦은 당신이라면 단팥죽 한 그릇
빈 식탁이라면 먼지를 보여 주는 흑백 한 문장

다발로 묶어 연두를 실어 갈 당나귀 어디 없을까요
당신과 나의 담장에도 뭉개질 만큼만 놓아기르기로 해요

연두가 그저 몇 걸음의 눈 배웅에 관여하는 거라면
나는 말할 수 없이 쓸쓸해서 꼭 살겠습니다

전승된다면 사랑
죽음이라면 끄덕끄덕 자장가까지
저수지 너른 고독에 찔려 신접의 병상처럼 에는 것

내 마음을 따라잡는 연두였다고 중얼거립니다

꽃집이 있었다

생활의 맞은편 첫 번째 횡단보도를 건너면
왼발의 그늘 지점에 잎이 머금은 산소 면적과
꽃의 윙크 무게를 궁구하던 녹색 지대가 있었다

겨울이면 어깨가 좁아지는 식물들 사이
마음껏 둥글어지는 연탄난로 허리를 목격하던 집

당신을 만나러 가는 길, 동승할 볕을 기다리다
마치 청혼의 정류장처럼
신비하면서도 쉬이 무료해지는 순간들이
그 집에서 선뜻 꽃이 되는 장면을 보았다

한때는 모든 꽃집을 두고
지상의 북극성이라는 소문이 돌기도 했다
그것은 단골 점성가인 흰나비 떼의 점괘로 판명되었지
만
그러거나 말거나 사람들 덩달아 그 소문에 희망을 올려
놓고
세계의 접경이 죄 꽃집이면 좋겠다 설레발치기도 하였
는데

지금, 눈치챌 수 없게 천천히

당신과 내가 오래 지녀 왔던 사이가 짤막해지고 있는 것
일까

어린 것들의 동그란 복사뼈처럼 선명한 별자리 되어 주
던 꽃집

얼룩의 흔적도 남기지 않고 밤사이 사라지고 없다

구름 종묘상

　관상용 구름 씨앗을 몰래 판다는 종묘상을 찾아간다 바람 삐뚤한 입간판을 여럿 지나고도 몇 번인가 더 길을 물었다 좁아 드는 길목에서 공중으로 꺾인 오후의 신변을 낮달이 수신한다 구름 씨앗의 계절은 지대가 높다 눈과 비를 켜켜이 저며 올린 상수리 선반에서 저장해 둔 햇볕이 떨어진다 구름의 곡선에는 홀쭉한 영혼의 약도들이 펼쳐져 있다 오늘의 약도에 사과의 빨간 풍향과 당신이 즐겨 앉는 의자를 그려 넣어야지 어디서 부는지 꽃잎 한 장 몰려와 아슬한 심금에다 눈물을 칠한다 세상은 여러 계통의 염문을 반복하고 시절을 잘 포획한 누군가는 헛되이 아름다워지기도 하리라 꽃잎에 쪼그리고 앉아 굴뚝같이 좁다란 영원의 잠을 찾아가는 소멸의 뒷모습과 오래 내통한다 헛기침 같은 평판의 모자를 벗어 구름 씨앗을 덮어 놓고 돌아오는 길에 주검에 쓰인다고 소문난 리본 종묘상을 보았다 펄럭이며 바람 삐뚤한 간판 글씨를 리본은 뭉게뭉게 치장하고 있었다 저만치 가던 걸음을 멈추고 한참 뒤를 돌아보았다

도화복음

복사꽃에 눈을 쪼인다 끔벅이는 눈가에 덜컹 괴는 영원 멀어져야 한다면 바라건대 때는 지금이다 달아나려고, 울게 두려고 꽃 시절은 처음부터 최종의 속도를 켜 놓고 있다 때를 놓친 뒤에는 당신이여, 진부한 대로 이 어름 어느 수순에선가 기약 없이 그저 심심하게 잊히어야 하리라

탁한 물속에 잠을 청한 사내의 장화였던가 왕버들 툭툭 종아리를 꽂아 달콤한 연두를 피운다 무덤이 저리 풍성하고 연한 질감이라면 아침마다 죽음을 못 알아볼 리 없지 멀리 청보릿골에 바위처럼 얼룩이는 아낙은 오래된 초상 보드랍게 일어나는 풋바람에 느릿한 춘몽이 넘실댄다

풍경이 어긋나 다음 역에 도착할 수 없다 해도 당신이여, 오늘만은 행선을 묻지 말자 그저 무릎이나 베어 주자 꾹꾹 참았다 뛰어들면 그곳, 꽃잎이려나 아무것 못 들은 척 감감 눈뜨지 말자 지고 또 질 이 봄날엔 아까 꾸다 만 그대나 잇대어 보자 여벌 없는 한 시절 덜컹이는 차창 밖 도화 사월은 예나 지금이나 맹 전설 속 눈부신 영원의 귀퉁이

낭만 관리소

창이 열려 있다 이 층 관리소 오는 동안 조붓하던 그 비도 나무 곁에 열려 있다

토닥토닥, 직원이 키보드를 두드릴 때 칭 가차이 발바닥 번지는 비를 넘어다본다

물방울같이 매달리는 습성이 도진다 창문에 기대 새로 배우는 울컥한 낭만

늙는 것은 일과 중에 제일 고요한 일이어서 매일 살아서 고요해진다 마술처럼 스르륵 잎사귀 큰 나무 한 그루의 기분으로 비에 입술을 묻히는 오늘은 죽어라 죽을 것도 같다

사람이라는 오지가 되기 전 아니면 당신이라는 잦은 외로움에 기거하던 그 언저리 곧잘 차려 먹던 낭만들

손 올려놓을 아름다운 허공을 찾아 우물쭈물 오는 동안 낭만의 행색은 기적과 동의이음이 되고 내 안에 들어선 타인의 부위는 즐겨 베끼는 언어가 되었다

빗소리 조붓하게 열린 창문에 머리를 붙이거나 부친다
오늘의 방식으로 고요해지는 하루가 빗물에 섞여 토닥토
닥거리는,

먼나무 편지

하지 무렵 저녁나절엔 먼나무 아래로 오세요
수호초 명자나무 목서와 남천
이름도 단단한 꽝꽝나무 번지를 건너면
푸른 깃털의 해거름 자리로 비워 놓는 곳
수종(樹種) 따로 없는 득실한 고요에
내 졸음은 먼 표정 하나 새로 얻지요
입자 큰 정색일랑 꽝꽝 밀봉해 두어요
어제의 통곡이나 고장 난 날씨 따위는
흐물흐물 욕조에 풀어 두고 오세요
존재의 빛으로는 짧게,
무익한 실마리로는 오래 퇴화하는
나와 당신의 분주한 풍경은
소지의 빛 충만한 먼나무에 탕진해 버리자구요
들뜬 목울대와 쉰 창자와 치렁한 주머니
잘못 배운 어른 말투들 변기에 흘려 버려요
이제 그만 무리의 서열을 떠나 먼나무에 연루돼 보세요
딱 슬픔 하나만 개종하지 말고 오세요
하지 무렵 저녁나절이 제격이랍니다
낭창하고 깨끗한 먼나무 피안에 드는 일 말입니다

골목 서사

골목에 간다 서너 채의 집은 그 골목의 오래된 주석 큰 미루나무 세 그루를 지나서 간다 도서관을 지나서 간다 운이 좋은 날에는 미루나무 정수리에서 초록 난파선을 보기도 한다 엊그제는 개똥 옆 석류꽃 그제는 남새밭 도라지꽃이 나를 붙들고는 우두커니 말이 없었다 담장은 허름한 대로 라일락이나 늦여름까지 오는 박꽃을 받아 준다 박꽃에서 몇 발짝 들어가면 구부정한 몸을 글썽거리는 나무 한 그루 접근 금지라는 붉은 말을 못 박고 글썽이는, 감나무 한 그루 있다 애꿎은 심중에 박힌 아홉 개의 못대가리를 또 헤아려 본다 통증과 불화를 쓰다듬기란 연민의 나쁜 기분이다 나무는 봄날 찾아온 감꽃의 뽀얀 잠을 이파리 아래 재웠다 뒷산 뻐꾸기 울음 탁란은 오늘도 기꺼이 받든다 산뻐들기가 구욱국 저녁을 신호할 때는 수상한 애잔함에 굽은 목을 들어 올린다 나무도 나도 물씬 눈썹 젖는 여름날이다

천리향 전언

해가 바뀌고 이내
천리향 나무에 전입 목록이 배달된다
여기는 누구 하나 지폐를 지녀 본 적 없는 양탄자 주민
센터
고방에 들인 빛의 두께로 인품을 재단하지도 않는다
시세라고 불리는 검열제도도 발병 전이다

발코니는 쏟아지는 볕 쪽으로 이마를 길게 푼다
굳이 사지가 발광체인 태양이 아니더라도
발열 성분을 가졌다면 누구나 다녀가도 좋은 곳

마음 묶인 검정색도 포승을 푼다
고장 난 난로 옆에서 새우잠을 잔 쿠션이나
주인 아가씨의 주정을 업느라 잇몸이 잔뜩 부은 구두
눈의 결정이 되어 돌아온 동백꽃 입김이
새로 거주지 이전 신청을 해 왔다

차일피일 차양 걷기를 미루는 겨울 신사도 곧 돌아갈 것
이다
그러니 관록 높은 시간 수용소를 잠시 떠나

뜨거운 심박 한 량쯤 몰고 너도 천 리를 찾아와 다오
비애의 정표로 지목한 유리잔 하나 품고 와 다오
마개가 없는 향기, 그 잔에 부어 마시면
돌아올지도 몰라
탄환같이 빠르게 박동하던 단 한 번, 그때의 빛

금지 구역

마스크 속으로 헤어졌다
거리의 나무들 빙벽의 자세로 꽃을 피운다

감정 진화를 유보하라는 지령에 피다 말고
사랑들
뚝뚝 바닥으로 닫힌다

오늘도 금지 구역으로 배정되었다
겨우내 입던 털조끼를 끌어다 심장을 덮어 두고

낮에 내린 비가 여린 풀밭에 살림 나는 것 혼자 아낀다

가둔 이목구비를 식물의 잠에다 끌러 놓으니
툭하면 들이밀던 봄밤의 숨결이 그제야 사태 진다

강아지에 딸려 나온 행인은
마스크 속 새 얼굴을 꼼꼼히 손본 뒤에 좀 더 잘 비껴간다

이 봄의 역사를 완수하려면
금지 구역 포즈가 최대한 자연스러워야 한다는데

안색 없이 잘 지나쳤으니
당신과 나의 교차는 일단 안심권이라 믿어도 될까

길까페와 초록마을의 실내등이 동시에 꺼지고
텅 빈 아홉 시를 무사히 마친 동네 한복판은 아까부터 후
미져 있다

창궐하는 봄날의 호흡기를 틀어막느라
조금씩 등딱지가 두꺼워지는 나는
이제 나의 접근 금지 구역으로 최종 진화해야 하는지
도 모른다

가을 공작소

나는 나의 방식으로 애틋하다
한 덩이 드릴처럼 밤공기를 배색하는 중이거든

하늘을 나는 꿈 따위는 진작부터 꾸지 않아
죽을힘으로 날개를 비벼 보는 것이 내 최선의 구애

그것을 울음이라는 낡은 보석이라고 뭉뚱그려도 개의치
않아

가을밤은 벽이 없는 창문처럼 활짝 벌어져 있어
도무지 애칭으로는 숨을 수 없는 구조야

작고 구석진,
풀벌레라는 이 체구를 단숨에 헐어 버리고 싶어
진저리 나게 떨어야 하는 몸의 목청을 비축해 둘 재간
이 없어

절걱절걱 칫칫칫,

말뚝처럼 돌올하게 키운 말투를 온밤 저지르는 건

심장을 찌그러뜨리고 싶어 구사하는 가을밤의 공작이야

아, 빌어먹을

비의 정원

오늘은 다섯 번째 계절입니다

우기를 따라 길을 나선 피아노 한 대
비의 정원을 차립니다

아름다운 실내의 곡조를 떠난 악기는
만연한 바깥의 폐허를 순조롭게 연주할 수 있을까요

비의 몰골을 입지 않으려고
발끝 뒤채며 종이 상자 외투를 고안하던 고양이가
무심결에 밟은 건반에서
똥그랗고 놀란 눈동자풍의 음악이 탄생합니다

파스텔톤 우산을 쓴 기린의 길쭉한 하품과
초록 발목을 신은 아가들
봄날을 웃어 대던 재채기들도
길가에 자리 잡은 건반에 새 음계로 북적입니다

빗물을 짚었던 손가락으로
흰 건반 검은 건반 사이

묘목같이 올라온 새 음을 지그시 눌러 봅니다

종아리까지 빗줄기를 걷어 올리고
저마다 다르게 젖어도 좋은 오늘의 날씨는
비의 정원입니다

동선

구태여 보려던 것은 아니다
나프탈렌 냄새를 닮은 흰 구름의 전경에
리본 달린 슬리퍼를 신은 여자가 서 있는 것

출구에 빚진 자들이 넘쳐나는
거룩하고도 쓸쓸한 도시의 귀퉁이를
빨간 차양이 있는
개천가 옷집의 한적한 주인 여자가 어른대는 것

플라스틱 화분에서
치수 커다란 땡볕을 맨몸에 걸친 채송화가
문지기인 양 색깔별 쬐끄만 표정을 꺼내 놓는다

주시할 때마다 안짱다리 부욱 늘여 주는 벽면 거울은
예의 바른 시종인 양 눈웃음이 연하다

모자의 엎드린 감각을 머리에 칠해 보고
체크무늬 실루엣에 몸을 끼워 보기도 하다가
거울의 시중에서 얼굴을 끄집어내 눌러쓴다
어제의 목숨 도로 껴입는다

바깥에선 동선 부쩍 커진 구름이
전경 혹은 배경으로 흩어질 길을 터 준다
구태여 보려 한 것이 아님에도 보게 되는 것들의 목록에
세상의 부은 발등을 올려 보는 날이다

다알리아
—바라나시에서

툴툴거리는 밤과 국경과 신의 마을을 스친다
다 알 리 없는, 오랜 내력의 죽음을 기르는 도시
배역처럼 어슬렁거리는 거리의 소 떼를 스친다
인파 속 인도에서 수속 없이 오줌 누는 남자를 스친다
다알리아 두 포기 짐칸에 실어 가는 낡은 자전거를 스
친다
갈 수 있는 가장 가까이까지 눈을 따라가 다알리아 스
친다
왼쪽으로 길게 그어진 숲길이 채 가는 영원의 장면을 스
친다
짙은 적빛, 그 흔들리는 순간을 최대한 오래 스친다
영원히 통과되지 않는 통관증처럼 우리는 스친다
흔들리며 마침내 사라지는 붉은 점멸

제2부

여행자

뜨거운 여름날을 술잔에 섞는다 기다린 지 아흐레쯤의 홍안을 탄 것도 같다 초록 골짜기를 따라온 여행자들의 눈빛에 촘촘하고도 단출한 먼 곳이 들었다 눈빛의 접경을 음독(飮讀)한다 오늘 만난 내일 먼 사이, 몇 시간 어깨를 겯고 하루치 고독을 건넌다 멀리 가까워지는 것은 가까이 멀어지는 일 우리는 모두 옛사랑과 옛사람이 될 기꺼운 슬픔을 지니고 산다

곳곳에 있는 당신에게서 먼 술잔이 빈다 떠나온 자들의 의식처럼 아주 먼 척, 초록 골짜기를 따라 떠도는 이의 술잔이 빈다

혹서를 견디며 미지의 뒤꼍에서 백일홍이 진다 붉은 밤들을 틈타 여행자들은 말없이 떠나야 한다 나는 반대쪽으로 길을 잡을 것이다 이 여름밤은 모두 초록 골짜기에서 갈라졌다 우리는 이름을 묻거나 얼굴을 기억하지 않은 채 제 방향대로 흩어졌다

동쪽

아침나절
화분에 볕 드는 거 보네
사탕을 쥔 아이의 잠같이
식물의 생은
연방 오목해지네
등을 펼쳐 놓고
볕을 축이는 엽서 같은 식물들
입술을 꼭 붙인 듯
마주 잎을 내기도 하고
한 걸음 뒤를 따르듯
엇갈리기도 한다네
화분에서
마루로
겨울 볕 가만 오르시네
오늘 부를 이름
저이에게 물어야지
욀수록 눈부신 볕 자리를
덜어 내는
그늘이여
입 모양을 감추어도

사랑은 발음되는 것
옮겨 간 볕 쪽으로
나는 조금씩
화분을 밀어 줄 뿐이네
천천히 식물을 벗은 뒤
내 안의 매듭을 만졌다 가는
동쪽

율마

한 번도 숲을 가져 보지 못한 난민의 수종이라죠

내가 옮겨 가겠다 했을 때
식물원 여자는 내 안의 의심을 먼저 힐끔거렸어요

물기를 떼어 놓으면 이 아인 죽어요

죽어요는 단 한 번 유용한, 모든 순간의 고백

수문장처럼 명료하게 창을 완성해 주는
기름하고 숱 많은 자태에 나는 자꾸 손바닥을 묻혀요

변명 없이 간결한 나무의 살결은
바람에 머리카락 헝클릴 때 감게 되는 눈의 온도를 닮
았어요
매일 들키고 싶은, 당신으로만 수놓인 질문의 색채예요

그러니 세계의 비탈에서 배달되는 악몽들, 오늘만은 말
하지 말아요
잔가지 없이 숲이 되는 나무 옆에서

나는 긴 무언의 독백을 키우는 중이거든요

벌어들인 슬픔에 관한 산책

마음을 파종할 신전이 있나 두리번거린다
행복이라는 제목은 깎이면서 자라기에 수령을 알 수
없다

목화머리핀이나 휘파람브로치를 파는 노점에서
분꽃심정 신상품으로 호객을 하는 동안
체온에 빵 냄새를 저장하는 가로수의 입김을 쬔다

큰 나무를 올려다볼 때 내 배회의 자세는 사뭇 안정적
이다
해 떨어지는 장면에서 위태해지는 기분은 변함없이 오
늘도 진행형

파마 약 냄새를 맡는 미용실 화분의 입이 벌어져 있다
중화제를 먹인 사랑을 심으면 어떤 컬의 동물이 뛰쳐
나올까

거짓말을 들을 때는 귀를 우물거리는 게 바른 생활인데
실패는 또 사소하게 성공하고 말았다
소실점이라고 등재된 길 위에서

부릅뜬 눈물을 갈겨쓰는 사람이 꿈속을 돌아다닌다

바람으로 짠 그물 무늬 시간 외투에 대한 격론은 매일의
신앙

내가 벌어들인 슬픔들에
커다란 분꽃심정 브로치를 달아 주고 싶은 날이다

미루나무 붉은 서쪽

그곳에 가려고 엇비슷한 시각에 모자를 쓴다
건반 발음을 교정하는 분홍 대문집과
화분이 빗방울처럼 나앉은 길가 늦더위에
생활이 객식구로 눌어 있는 거 눈 맞추고 간다

낡은 뒤에는 전혀 딴판의 이목을 하고 돌아다니기도
하는
이 세상 사랑이라는 의심들 사이
여름은 미루나무 잎의 음역을 무한대로 키워 놓는다

이맘때쯤 미루나무 뒤편에는 서쪽이 출몰한다
식물이자 한 마리 핏빛 동물의 형국을 한 석양은
기침이나 정강이, 어쩌다 봇물 지기도 하는 파안 그 어
디쯤
무심한 듯 걸터앉았다가 이내 물어뜯는다
시간 붉은 송곳니 으르렁대며 심장을 무두질한다

잡식성 편견과 척지게 해 달라는 속엣말
하늘은 기도라고 들었을까
더욱 사무치는 기분을 내려보내고

급전처럼 끌어다 쓰던 간절함이라는 부위를 다 털어 간다

풀벌레 울음에 귓바퀴를 찔러 넣는
커다란 미루나무 두 그루, 그 환절(換節)의 뒤편

검은 꿈

꿈을 꾸었네

머리카락을 귀 뒤로 넘길 때 매번 다르게 구겨지는 손
의 꿈

무례하게 낚아챈 목덜미에 잇자국을 심는 긴 타인의 꿈

묵주를 화관처럼 베껴 쓴 어둑한 뒤통수의 꿈

깨진 꽃병의 신분을 뱃속에 감춘 선동자의 음역에 관
한 꿈

산산조각의 애인을 매만졌다 무릎 꿇렸다 하는 자선가
의 꿈

태연한 수줍음으로 정면을 바꿔 치는 노련한 입술의 꿈

미사여구를 도모하지 않은 죄명의, 찢긴 마음을 닦아
내는 꿈

신부의 떨림을 구현하는 눈부신 변장술에 관한 꿈

젖은 화약에 몸을 묶는 허풍쟁이 마술사의 꿈

바닷물을 퍼마신 갈증에 몇 날 며칠 신을 바꿔 신는 꿈

돌아오는 길이 없는 미지의 물가를 떠도는 꿈

떠밀려 온 폐선에 발아되지 않을 풀씨를 모으는 꿈

칭송하는 것마다 사금파리로 물방울로 흔적을 바꾸는 꿈

철로 변에서 들리지 않는 색색의 외마디 울음을 캐는
아이의 꿈

공력 높은 마녀의 사원에서 공공연하게 쫓겨나는 꿈

유전되지 않는 표정으로 지은 이름과 깃발을 내다 거는 꿈

한순간 벼랑으로 사라질 나와 모든 내 저쪽을 물끄러미 보는 꿈

눈을 뜨고도 꾸게 되는 슬픔 검은 꿈

사슬나무

오래전 비워진 집 문간에 장승처럼 서 있다
몸에 걸린 커다란 체인을
복부에 켜켜이 저며 넣으며 나무

무심은 야금야금 힘이 세지는 족속이어서
시나브로 나무를 먹어 치우고도 멀뚱한 낯빛이다

쇠사슬은 눈물의 인상을 출렁이며 나무를 파먹는다
몇 개의 결정은 이미 나무의 내면으로 사라졌다

물기 가득한 감정에 녹 냄새를 배양하는 나무를
마모되는 심정으로 무연히 바라보는데

요즘 내 사랑은 단 한 번의 진짜라구요

애인의 심장에 체인을 감아 주며 친친,
짓무른 녹 냄새 입김마다 풍기던 사람 생각이 난다

작은 나무였을 때
그저 햇빛에 반짝이는 것만으로 어여쁜 사랑이었을 때

옆구리 철렁 장전된 것이 쇠사슬 다발이라니

몸통 여물수록 우지끈 쇠고랑을 만발하는 나무는
두툼하고 뼈아픈 덩이 슬픔 함께 매몰한다

파먹힌 심연 주렁주렁 매단 나무를 보며
여자의 눈물에서 맡던 쇳내를 나는 다시 잊는다

차가운 인사

  이러지 말아요 내게 진행 방향을 보이다니 우리는 그렇게 무르익은 사이가 아닙니다 9층 병석의 당신을 비의 신이라는 높은 태풍이 쏘아보고 있군요 비의 다리가 창문에서 주렁주렁 버둥거립니다 신의 비라는 이름이었다면 어땠을까요 어디에나 있다는 신의 초상을 버려두고 당신은 대체 어디에 손을 내밀었나요 한 번쯤 빌어 보기는 했나요 관통 아니면 우회라는 말은 주로 태풍의 자태에 쓰이죠 경로와 진행 방향이라는 말도 그런 줄 알았는데 죽음의 어휘로도 손색이 없군요 비 그치면 건너편 숲 젖은 새의 곡성은 더 경쾌할 것입니다 같은 거리를 당신은 되돌아갈 때 더 가깝게 느낀다 했죠 지금 여기 말고는 꼭 있다는 신이 사람 형상의 눈물을 버둥거리는데 얼음장 같은 숨결을 당신은 조금씩 나누어 뱉는군요 침상의 얼룩도 바닥에 엎어진 슬리퍼도 역할인 듯 고요합니다 마지막 잠의 장소에 바람과 비가 이렇듯 큰소리로 찾아든다면 우리는 좀 더 음악적으로 사라질 수 있을까요 하나 마나 한 말들은 그냥 하나 마나 한 거겠죠 물 한 모금을 삼키고는 당신은 아무 소리도 듣지 않습니다 어디로 가는 중일까요 가도 되는 어딘가가 있기는 한 걸까요 되돌아가는 거라면 그 어느 때의 기억처럼 그 길도 가까웠으면 좋겠군요 당

신이 채집하던 차가운 인사 중에 혹시 남겨진 시가 들었
나 찾아보겠습니다

디아

동이 트지 않은 강가에서 여자가 디아를 내민다

속눈썹이 가장 깨끗할 때의 갓 난 잠을 껴안고
터지지 않는 천둥 장전한 눈매를 건넨다

나는 이 어린것에게 무엇을 해도 될까요?

젖은 캥거루같이 강가를 헤매는 몸피에
모성과 가난의 중력을 압정처럼 박은 여자는

꽃불을 들고 세상의 가파른 기도를 대변한다

주검 넘치는 강물을 타고 미리 와 기다린 어둠은
쓸리는 디아를 강기슭으로 끌어다 놓는다

긴 속눈썹 아래 깊은 상실을 갓 난 잠에도 물려준 이여
그대가 띄워 보낸 기원은 어떤 기슭으로 그대를 끌어다
주나

신의 후손들이 밤낮없이 둘러앉아

불을 피우고 꽃을 던져 영혼을 고치는 갠지스강
불꽃을 들고도 빛 한 점 내지 않는 여자가 아이를 품고
어둠으로 떠돈다

●디아(Dia): 소원을 빌며 어두운 밤 강가에 띄우는 작은 꽃불.

빨간 장화를 신은 나디아

나디아, 오늘도 엄마가 사 준 빨간 장화를 신었구나

어둠 속 쓰레기산을 뒤지려면 발을 아껴야 하니까
오물 속을 잘 오르려면 밤하늘이 뭉쳐 보내는 빛의 허
밍 따위 묻히지 않아야 하니까

어둠과 어둠과 어둠이 열한 살 탐스러운 네 졸음을 내
리치는데도
네가 줍는 플라스틱같이 썩지 않을 명랑을 찾아 악취
를 헤매는데도

장화에다 너의 소녀를 신겨 놓고 아빠는
온종일 아무것도 들리지 않는 새소리를 조롱 속에 가
꾼다지

잘 버려진 지옥이 천진한 네 몸짓에 자욱한데
너의 소녀는 처음부터 커다란 짐승의 입속에 내던져진
것 같은데

물의 불꽃같이 매일 깨어나야 하는 나디아,

네 작은 꽃씨에다 빨간 장화를 신기는 나디아,

슬픔의 기후는
날카로운 유리 조각으로 날마다 너를 역류하는데
빙산에 갇힌 신기루 같은 웃음 모양으로 너는 우는구나
물에 담가 두면 투명하게 자라는 반달 모양으로 너는
웃는구나

울음사막의 여자

여자가 운다
사막에서 죽어 사막을 뒹구는 흰 뼈처럼 운다

왔던 길 돌아보던 발끝까지 쿵쿵 울다가
주문 같은 혼잣말 화상처럼 쏟아 내며
수만 개의 울음 흉터를 몸에 새기듯 운다

여자를 휘감은 모래바람처럼 인파 쏠렸다 흩어진 자리
에
재빨리 울음을 차지하고 눕는 뙤약볕과 습기가
쉬 썩지 않을 화음으로 등극한다

한 점 그늘도 없이 부러지기만 하는 곡성

염천을 옭아매 내장의 물기 바짝 걷기라도 하듯
제 안의 울음, 짐승처럼 빨아내는 여자에게서
울 자리를 분별할 수 없을 때라야
생이 보다 간결해진다는 한마디를 옮겨 적는다

여자는 오래 운다

동굴영원

올름은 슬로베니아 석회암 동굴 속 깊고 흰 영원

피부 속으로 영원히 시력을 처방해 버린 영원

칠 년간 한 자리에서 부동의 방향을 궁구한 적도 있다는
영원

멸종 위기종 목록에 취약종으로 올라 있는 영원

먹지 않고도 너끈히 십여 년을 산다는 영원

제 내장을 일용할 양식으로 헐어 쓰기도 한다는 영원

베이비 드래곤, 휴먼 피시라 불리기도 하는 영원

백 년의 혈거가 수명인 캄캄한 영원

목덜미에 꽂은 빨간 아가미로 숨을 묵독하는 영원

알 혹은 새끼의 살갗을 물의 온도로 결정하는 영원

하이파이브를 청할 것 같은 분홍 발가락의 영원

인간들 몰래 수백만 년을 살아 냈다는 영원

인간에게 걸려 수족관 새 소문이 된 영원

동굴영원과 동굴영원속 동굴영원

도롱뇽과에 딸린 동물 영원(蠑螈)

내가 좋아하는 그 영원과는 딴판인 영원

영원 취약종 나는 나의 동굴 속 영원을 따라가는 영원

어떤 내 마음은 흔적기관으로 아주 퇴화해 버린, 나의
영원(永遠)

배후

    축하연 끝에 꽃바구니까지 얻어 들고 귀가하는 길 버튼 눌러 놓고 기다리던 승강기가 7층에서 멎는다 빙빙 돌려 쓴 긴 연서를 주운 듯 남녘의 설야를 발설하고 싶은 새벽 세 시 이 새 벽을 흠집 내며 눈발처럼 공중에서 나리는 이 또 누구신가 장미 다발과 들이치던 첫눈의 고혹이 엎어지듯 출렁이는데 아나콘다처럼 아가리 쩌억 벌리고 당도한 승강기는 어쩌자고 비어 있나 저 혼자 여닫히는 승강기라니 오오, 첫눈 오는 이 밤 심장 펄럭이는 절호의 비밀이 큰 눈 질 수도 있겠다 어여쁜 귀신같이 성가신 뾰족구두와 꽃바구니를 내던지고 두툼해지는 눈의 바깥, 저 순결한 묶음에로 나의 종적을 파묻어야 하나 계단참 밑도 끝도 없는 상상의 뒷전에서 기어 나와 곤추선 뒷덜미를 멋쩍게 쓸어내리는데 다시 열린 승강기 안 낯빛 조그만 여자 하나 그녀의 배후에는 조간신문 손수레가 매달려 있다 나는 재빨리 오늘 밤의 배후인 첫눈을 돌아본다 꽃다발과 손수레 사이 짧은 머뭇거림을 수습하고 서로가 방금 빠져나온 곳을 향해 우리는 헤어졌다 아주 이르거나 아주 늦은 세 시, 아나콘다의 입 혹은 함박눈 속으로 뽈뽈이

타이밍에 관한 성찰

　순전히 타이밍의 항목일 수도 있겠다 동시에 현관문을 나서고 딸깍 목례하는 일 문과 첫인사 사이에 오래된 레일 같은 간격이 깔려 있다 낡은 외등같이 내 발치만 비추며 오늘도 없는 기척을 듣는다 모르긴 해도 물구나무 소나기나 해바라기 주차를 지시하는 흰 금들, 목적 없이도 오는 자정 따위는 공유하는 게 분명하다 저 문 안에 흩어져 있을지도 모를, 어쩌면 조급한 파랑이나 석양예배당 같은 것들이 궁금한 것은 아니다 그물 없는 시간에 좀체 걸려들지 않는 이 세계의 윤곽과 우연으로라도 오지 않는 우연의 희소성 사이를 어슬렁거려 볼 뿐 그도 이 문 안쪽의 척박한 구름어항이나 마음 접질려 버둥대는 붉은털늑대 같은 것에 무심하긴 매한가지다 우리에겐 아직 엉거주춤한 대면이 유예돼 있다 어느 날 타이밍의 문제를 원만히 극복한다면 딸깍, 그래서 청동처럼 푸른 녹이 난 시간의 망명지에서 마주치게 된다면 파랑이나 구름어항의 안부쯤 물을 수도 있을까 점멸등으로 깜빡이기만 할 뿐 아직 저 문으로 건너가 보지 않는 우리는

헬멧

번잡한 도심 차로 하나를 물고 툴툴 경운기가 간다
짐칸은 오늘도 폐비닐 갈기가 높다
운전대를 잡은 사내의 머리를 틀어쥔 둥근 헬멧이
깊이를 보이지 않는 공백의 징체를 반짝인다

지녔던 사랑은 애저녁에 흉몽이 되어 버렸나
경운기는 봉두난발이 된 마음이 마음 놓고 죽치는 홑집
같다
썩지도 못하는 멍텅구리 슬픔 둥둥 비손하는
외딴 성황당 같다

먹이를 구할 때의 경건한 콧김과
거뭇한 날숨 같은 것들의 파편이 그리울 때
그는 허기증처럼 헬멧 속으로 숨어드는지 모른다
높다랗게 쌓아 올린 비닐 더미의 중심을 잡는 일은
얼룩덜룩한 심중을 지레 없애야 하는 일일 수도 있어서
경적도 없이 도심 가운데를 저리 떠다니는지도 모른다

딴딴한 생의 헬멧 속을 홀로 유랑하는 사내에게
광장은 마치 은둔지처럼 익숙해 보인다

지나온 길들을 지우듯 유유히 떠가는 그가
오늘은 내 안의 봉두난발을 쓰윽 쓸어 준다
해감을 끝낸 저녁이 히죽, 따라 웃어 준다

제3부

물외

촛대처럼 나란한 모개낭게에 뭉게구름이 재금을 나던,
애장터 어린 주검을 지날 때마다 잔돌을 고여 주던,
눈 감고 퉤퉤퉤 세 번 시늉 침을 뱉던,
니 말 하지 않겠다는 누대의 주문을 첫 기도로 삼았던,
문지방 밟지 말라는 금기 속 잠든 달빛을 모으던,
서답이나 당산목, 개짐 같은 말에 바람이 눕던,
풀 먹인 홑청에 노랗게 외꽃이 앉던,
이제 구석진 자리에서도 피지 않는,
물외(物外)가 다 된
물외라는 말

●물외: '오이'의 방언.
●모개낭게: '모과나무'의 방언.
●재금을 나다: '살림 나다'라는 뜻의 방언.
●서답: '빨래'의 방언.

꽃병의 감정

다시 조팝꽃이 왔다
또박또박
깨끗한 맥박 흉중에 불어넣는다
저 꽃담에 빌붙어 지낸 전력이
어린 내게 있다
언덕을 풍성하게 늘이던 가지 꽃 꺾어
교실까지 한 아름 내뺀 적 여러 번이다
점점이 꽃잎 날릴 때
목덜미에서 분비되던
희끄무레한 꽃병의 감정
울 때 메스꺼워지는 증상도
그 무렵에 발병했다
상기된 눈빛과
흰 날들을 멀어지느라
뒷모습이 늘었다
오늘 걸음은
저 꽃담에서
여러 번 돌아오는 코스다
당신 보려고
한 뼘 몰래 남겨 두는 코스다

작약

　고향 집 마당에 함박 핀 작약을 못 보았다 늦었다는
건 여지없이 함부로 당신을 떠나 있었다는 말 충실한 꽃
의 작별을 일별할 때 흰나비가 날아 작약 푸른 잎에 날개
를 접는다 나비 옆에서 열무가 자라는 것을 어여삐, 마침
내 동그랗게 등을 완성한 어머니가 바라본다 꽃이 가고
나비가 일고 어머니 곰곰 지는 일 착란처럼 찬란한 찰나
가 일순 점 하나로 정지하는 일 봄은 저렇게 무심한 풍경
들로 가득하다

거듭 휘는 봄밤

찔레꽃이 흰 덤불 거처를 마련하는 시절
무논 개구리 목청을 쌓아 거듭 휘는 봄밤에

아버지 제상을 물리고
열어 두었던 대문 밖을 나서면 늘 같은 물음이 달려들곤
했다

대체 이 풍경은 어떤 처음을 겪으라고 온 문장일까

북두칠성 꼬리별을 찾아 목을 젖히다
잡힐 듯한 질감을 뿌려 놓는 밤의 연원을 헤아린다

기억의 집으로 아주 옮겨 간 뒤
남은 식솔의 평생을 이별이게 하는 것

텅 빈 깜깜함 속에서
향기와 울음은 어느 때보다 또렷하고 투명하다

한 줄 생사의 서문처럼 먼먼 별에 그리움을 점지하는 밤

유산으로 남은 봄밤을 홀로 음복하며 서 있다

눈물의 지도

딸아이 밥숟가락에 생선 살을 올린다
한동안 같이 못 할 저녁상머리,
딸애가 쏟아 놓는 눈물이 전에 없이 애틋하다
연두를 잔뜩 머금고도 잎을 패지 못한 나무처럼 너는
가까스로 닿은 스물의 봄을 그렁하게 두리번거린다

눈물을 불러 헤어져 본 적이 내게도 있었던가

낯선 도시의 이 처마 아래 청춘의 입문기를 꽂아 놓고
너는 목울음 가두는 법부터 배우게 될 것이다
네가 옮겨 간 세계의 새 기호를 수소문하는 동안
내가 부쳐 주던 두부와 배춧국을 잊고
곧잘 내 등에 비벼 놓던 침 냄새도 아주 지울지 모른다

나는 여태 독거전법을 손에 넣지 못했다
진통제 몇 알과 빗소리 전용 창 하나 네게 쥐여 줄 뿐

그러고도 나는 바란다
네 안에 들어 있는 눈물의 영토, 다 걸어 보기를
눈물을 꾹 걸어 잠근 채

연애 수렵기와 가는 종아리와
라일락 흰 그늘에 바칠 약속, 건너가지 않기를

그래서 눈물에서 다시 저녁상으로 돌아갈 때면
푸름한 천둥의 비밀과 첫눈의 격랑 같은 것들을 얻게
되기를
눈물의 지도를 걸은 뒤에는
불 속에서 첫잠을 깨는 너의 별자리 수신하기를

그래도 나는 멀리 간 마음이 되어 너를 바란다

반딧불이 생각

검지가 없는 사내는 검사 안내서를 들고 동관으로 가고
손을 꼭 잡은 초로의 남녀는 깨끗한 눈빛을 골라 총총
서관 위치를 묻는다

우리의 지난날같이 기다랗게 이어진 동쪽과 서쪽의 지
붕 밑으로
복도도 마땅히 흠씬 늘어져서는
휠체어 바퀴나 이동 침대 같은 생의 들것들을 태우고
다닌다

무엇에 들려 이만큼 왔나
어둠에서 빛으로,
아니면 어둠에서 어둠인 처음 그대로

채혈의 전말을 약솜으로 꾸욱 누른 그가 돌아오자
보호자라는 신분이 내게 매겨졌다

소독되는 순간에도 착실히 늙었으니 별일이야 있을라구
요
조바심 같은 거,

거즈로 뚱뚱 처매 놓으며 혼자 중얼거릴 때
전광판이 병색의 진행을 순번대로 흘려 놓는다

문명이 크다고 이름난 옛 토성 옆 이 병원 자리는
그 옛날 몸통 끄트머리에 빛을 심은 날벌레 족속이
주식인 이슬 사냥을 하던 곳은 아닐까

열흘 남짓, 그 빛을 헐어 캄캄한 공중을 다 쓴 녀석들이
더 이상 꽁무니를 밟히지 않아도 되었을 때는 어떤 상
심이었을까

지갑 짐을 오래 지고 온 그의 왼쪽 꽁무니가 표 나게 처
져 있다
궁지이거나 경지인 병원 귀퉁이에서 뜬금없이 나는 반
딧불이 생각을 한다

월하정인

대보름 지신 밟는 꽹과리 소리가 도심에 깔린다
소리나 냄새는
때때로 몸이 놓친 절기를 소환하기도 한다

어릴 적 산야를 울리던 꽹과리 소리는
마을 공터로 대보름달님을 모셔 오던 풀무였다

큰 걸음으로 뭉텅 오시는 달마중을 나왔을라나,
하릴없는 엉터리 점괘나 짚으며
앞서 걷는 반백 남녀의 걸음 경청하는 산책길

어느 길목에선가
향기의 유속 은근한 홍매화 입김 들이친다

"맡아 봐"
다짜고짜 사내를 끌어 나무 아래 디미는 여자여
얼결에 푸르릉 콧김을 들이쉬는 사내여

밤공기에 건들린 첫물 향기
폐부로 빨려 가 매혹의 흑점이 되어도 좋겠다

사랑을 생략한 이에게도

더 멀어질 수 없어 되돌아온 이에게도

달과 꽃이라는 원형의 매개는 아름다이 나리시어

시시로 뚱뚱해지는 무정들 스윽 헤쳐 놓는 보름밤이다

끝 방

소리 나지 않는 피아노의 흰 건반 같은 방들이 있다
손잡이만 뽑아내면 굴곡 없이 안전하게
수평이 될 열여섯 개의 방은 모두 누군가의 옆방이다

세상의 많은 방 중에 맨 끝 방의 열쇠를 받았다
끝이라는 말의 우거진 협곡에는
손바닥같이 좁아 드는 삶과 광역의 고요 함께 눌어 있다

쪽창으로 디미는 언 하늘 한 조각을
아직 미지의 세계에 기웃대도 좋은
구애의 옆방이라 믿기로 한다

발소리를 내지 않는 거미들처럼
눈에 띄지 않는 것이 이 종족의 혈통으로 추정되지만
아주 가끔은 현관문 따는 소리나
치렁한 섬유유연제 향으로 그 존재를 퍼뜨린다

벽돌처럼 좁다란 삶을 끼웠다 빼는 그들 중에
수평에 대한 항간의 소문을 믿는 이는 뵈지 않고
바깥과 면해 있는 고시텔 복도의 문틈에

고드름 식구를 불리는 겨울이 아까보다 더 두꺼워진다

손거울

삼십 년 혼인 예물인 손거울 뒷면에
채 휘발되지 않은 분홍이 희끄무레하다

금시초문의 화장술로
생활의 안면 바꾸어 들이칠 때
맥없이 풀어쓰던 손자국도 눅진하게 피어 있다

패턴 없는 몇 개의 스크래치가
딴에는 추억처럼 부스스한 거울은
펌프질 방식을 조율하느라 그와 내가 찔러 댄
한때의 심장 같기도 하다

아무 신에게나 무턱대고 숨어들었던 기도의 순간도
촛농처럼 희미한 얼굴로 남았을 것이다

약발 훤히 다 털리고
평생 물어야 할 연민이 발소리도 없이 무성한 여기

굵은 눈발같이 귀밑 채도 희읍한 사람이여

포효 은신하던 송곳니, 문수(文數)라도 헤아려 볼 요량
인가
　　한 생의 그림자 같은 거울 속을 흘금 다녀가는 이여

　　빳빳한 귀 무수히 궁글리며 서로를 재발명한 시간들 속
　　분홍 물 다 좔아 버린 남자 여자는
　　거울 없이도 용케 마주 비추는 경지에 들고 말았다

전자레인지

내 동선 가까이에 오래 붙박여 있었습니다
안면 전체가 입인 그는
마치 몸통 없는 한 마리 검은 물고기 같았죠
그의 매끄러운 얼굴을 여닫을 때마다
먼바다 물결무늬 새 회로를 짜 주고 싶었어요
기역 자로 꺾인 벽면의 독방에서
단조로운 빛의 파장 하나로만 버틴 그였거든요
그의 혀끝에서 갖가지 냉증을 고치고 녹였습니다
초간단 해동의 끊임없는 진화에도
세상의 희망은 왜 쉬이 결빙되는지 모를 일입니다
꽃기린 어여쁘게 맺히는 가시와
물기둥 훤칠한 궁리와
자주 수척해지는 경탄과
딴딴한 울음 사이를 쉼 없이 걸어왔습니다
큰 입으로 아슬함을 눈감아 준 그를 보내 주었습니다 방
금,
온기를 만드느라 죄 헐어 버린 입속
내가 지핀 식탐의 얼룩들 꾹 담은 채 말입니다
그가 물결 커다란 아주 먼 바다로 갔으면 싶은 날입니다

외뿔고래

내 안 어딘가, 주소를 물을 수 없는 곳에
한 마리 외뿔고래가 들었다
좁디좁은 내 몸과 마음을 서식처로 삼은 걸 보면
그리 영특한 놈은 못 되는 게 분명하다
긴 뿔을 물 밖에 내밀고 기웃대기를 좋아하는 녀석이
꼬깃꼬깃 접었다 떨어뜨린 조바심의 거리까지 합하면
그 유영의 길을 해리로 따질 수는 없겠다
수없이 수면을 솟구쳐 녀석이 하는 일이란
기껏 얼음덩이에 남긴 바람의 잇자국을 본뜬다거나
목 짧은 진눈깨비의 맥박을 채집하는 일,
아니면 고래 고삐 상점의 폐업을 선동하는 일 따위다
그러고 보니 난파 직전의 별 하나를 업어 오거나
구름 조련사가 끌던 뗏목을 몰래 물어 온 적도 있다
한번은 곧추세운 외뿔로
군동내 나는 내 옆구리를 찢기도 했으니
그 하는 짓을 통 그르다 할 수만은 없는 일
들리는 소문엔 큰 배의 항로를 따라 자맥질하다
무수히 솟구치고 흔들린 표식으로
나선형 무늬 길게 이어 간 그 뿔을 주검 곁에 남긴다 한
다

저녁 여섯 시

어머니 꺾인 무릎을 베고 천도복숭아 붉은 여름이 와병 중이다 버려두면 금세 풀물 괴는 텃밭에는 눈망울 길게 번지는 고라니가 새끼를 껑충댄다 병상은 이제 자주 누워도 합법인 바깥으로 거듭나 지나간 시간을 절룩이며 철철 어머니를 피운다 늙지 않는 기억의 방을 닦고 윌수록 어머니, 관절 없는 나무 인형처럼 구체적으로 핀다 어쩌나 병상 머리 나들수록 죄는 마음껏 겹치는데 빈집은 저녁 여섯 시로 성업 중이다 꽃이 떠난 나무들도 팔이 턱없이 긴 추억도 저녁 여섯 시에 집결해 있다 마당과 지붕은 이전에 없던 딴소리를 풍기고 석류는 처음 지은 빨간 주먹을 내밀며 새 기분인 양 나를 응대한다 손을 씻어도 물소리가 나지 않는다 쪼그려 앉아 보니 수북하게 떨어진 내가 발치에 뒹군다 모든 것들, 저녁 여섯 시로 고정되는 순간이다

머나먼 이름

처서 지나고 몸속 물결 옅어진다

투신 소식에
남은 매미 울음이 후생의 방향으로 튄다

허공과 눈부시게 충돌한 건
후일에도 완결되지 않을
희망이나 약속 따위 머나먼 이름

엊저녁 밥물 끓을 때보다 조금 더 당겨 놓은 창으로
당신이라는 잘 모르는 신념과
굳게 닫혀 버린 허공이 은유 없이 흐르는 늦여름

외딴 비와
산나리 구두코와
나비 농막을 배회하던 구름을 끌고
세상의 모든 음악 속으로 난청의 저녁이 돌아오고

나는 흰 양말 한 켤레 찾아 신는다
꺼졌다 넘어졌다 하는, 몸속 물결을 오래 듣는다

제4부

거기 누가 가고 있나요

창 아래 가로누운 연통이 빈 소리를 낸다

창문을 넘고
커튼 틈새 비집고 온 소리는
얕은 내 잠결을 껴입는다

물의 얼굴로 웃으면 귀는 어떤 모양이 될까
머리맡에 걸어 둔 낮의 분별은 어떤 거울을 보고 있나

말과 말 없음의 교유를 끝낸 뒤
잠결을 빠져나가는 빗소리

멀어지는
빈 소리

거기 누가 가고 있나요

도라지꽃

운 좋게도 오늘 주저앉은 곳은 보라 외진 도라지밭이다
먼저 앉았다 간 이의 체온이 밑줄처럼 남은
그래서 꽃들의 동공 흔들리며 번지는 여름의 방

지친 발을 펼쳐 놓으니 모습도 없이 누가 말을 건다

딱 떨어지는 저 불후의 빛깔이
햇볕에 몸을 허는 고드름에서 시작되는 걸 보았느냐고
봄날, 일곱 번째 폭설이 두 손 받들어 오는 걸 보았느냐고

나는 보이지 않는 음성을 쫓아가다가 희미하게 웃은 것도
같다
　퍼지기 전의 종소리를 꼭 쥔 도라지꽃의 손바닥에
　재빨리 뛰어든 것도 같다

더러 저 꽃빛의 눈물을 목격할 때가 있다
그럴 때 나는 그 눈물을 미문이라 해석한다

마음 닳아 버리는 이치가 마치 종말이기라도 한 것처럼
몇 번이고 눈물을 펴서 저 빛깔을 입혀 보일 때

그때 그것은 내게
아름다운 문 아니면 그런 유형의 문장처럼 보였다

대체로 짧고 단정한 어법을 구사하는 도라지꽃 밭에서
나는 시종 말을 더듬다가
몸이 한껏 뉘엿뉘엿해진 뒤에 가까스로 돌아올 수 있
었다

주걱

개망초 흰 머릿수건 사이
여름 오후가 수북한 그 집은 가득 비어 있다

인기척에 반갑게 흘러내리는 적막의 주름

컴컴한 부엌으로 달려간 빛이
삐걱, 지장을 놓으며
눈썹처럼 엎드린 먼지를 깨운다

밥상을 마주했던 날들을 배웅한 징표일까
남은 것들로는 그림자도 세울 수 없는 회벽
그을음으로 본을 뜬 그늘 주걱 하나가
테 없는 액자처럼 걸려 있다

무쇠솥이며 부엌 바닥의 벙어리 주발들
눈이 침침한 밥 냄새, 만지작거린다

누군가와 마주 앉아 먹던 모든 첫 밥에는
허밍처럼 수줍고 고슬한 기억이 들었을 것이다

선명한 그을음이 빚은 밥 냄새에서
뭉클한 식욕이 돋는다

멀리 수평의 여름 저녁이 이고 오는
고봉밥 한 그릇
산마루를 지나 평상으로 식구들 불러들인다

가을 인근

무 배추가 땅심 길어 올리는 밭고랑이 눈부시다
한철 저 탐스런 곁을 얻는다면 내 눈도 짐짓 어려질 것
만 같다

계절을 밝혔던 단심(丹心)을 스무 날쯤 더 붉히게 되었
다는 백일홍
고별사 몇 떨기를 풀어 손금에다 찍어 준다

홀로 피는 노인들 이따금 해 길이를 가늠하는 의자에
새들이 삐삐꾸 안부를 물어 오고

외딴집 담장 안쪽엔 작달막한 마당이 폭 꺼꾸러져서는
연방 물이 배는 감나무를 흐뭇하게 치어다본다

아, 좁다란 부엌에선 두런두런 밥물이 옛일처럼 끓나 보
다

속독으로 흩어 보낸 진공의 풍경이
고층 아파트로 떠밀린 이들에게 가을 인근이 되어 주
는 저녁

어둑살을 타고 총총 옛 기억이나 불려 먹을 때,

통점은 또 이렇게 또렷하고 아름다운 것이 되어
오래 잊고 싶은 가을 옆구리께를 두고두고 떠난다

십일월

마치 오래 나눈 우정인 것처럼 뭉쳐 다닌다
나뭇잎과 쪽달과 허무감 패거리

버려지는 기분을 촘촘하게 누벼 주는 바람결에
십일월이 말라 가는 혀를 집어넣고
시동 꺼진 차 밑으로 고양이가 숨어든다

바퀴에 보풀처럼 남은 온기는
이 밤의 차가운 독백을 꾸려 갈 요긴한 재료

잎을 떨구며 나무들
실가지를 뻗어 핏줄처럼 뚝뚝 밤하늘을 짚는다

이마에 아무도 손을 얹어 준 적 없나 봐

막 돋는 초저녁 어둠을 쭈그리고
환풍구 옆에서 담배를 무는 여자
물미역 냄새 같은 작은 뒤태를 울타리로 두르고 있다

오래된 밤의 관습으로 이른 눈발 끼어드는데

물이끼처럼 번져서는
축축해지는 마음의 관절을 한껏 부러뜨린다
십일월

손

몸피를 잔뜩 불린 황사가 잰걸음을 펄럭인다

신호를 기다리는 1톤 트럭 운전석에서
행려 같은 왼손 하나,
빽빽한 미세 입자의 중심부로 툭 떨어진다

전선용 테이프를 덧댄 새끼손가락과
봉합 자국 천연덕스런 검지에
구겨진 은박지 같은 생이 이식돼 있다

한 번도 닦지 않은 차창처럼 뿌연 공중은
규칙대로 신호를 나부끼고

낡은 빨래집게처럼 흰 검지와 중지 사이
느슨히 끼운 담배에도 빨갛게 불이 든다

세상의 신호를 이미 알고 있다는 듯
트럭은 지느러미 같은 한 척의 손을 저어 앞으로 간다

투기

잘 헐벗은 한 질 볕을 두르고
그는 엎어져 있다
입춘 언저리 꽃을 투기하는 냉기에 대해
골똘히 궁리라도 하는 것일까
내뱉은 낯빛을 엉성한 옷깃으로 무마하고
말아 던진 양말 근처에다
봄기운에 대충 부신 발을 투기(投棄)한다
하중의 시간을 위무하듯
매캐한 발바닥을 햇살 난전에 펼쳐 놓는 일
태중에서 배운 자세로
꽃보다 먼저 자 보는 한뎃잠을
바닥이라는 세계가 받아 주고 있다
체온을 내던져 얻은 뭉툭한 비율을
볕 쪽으로 내다 꽂은 저 발의 궁리 속에도
뭉클 들었으려나
이내 눈뜨게 될 꽃잎 흰 잠

앵두의 폐사지

꽃 지는 길을 따라가다 보게 되었네
깊은 흙잠에 들었다 깨어났다는 절집이었네
한 시절 영화는 계단석 돌꽃으로 다시 피고 있었네
석등 연화를 받들고 쌍사자 두 분 다정해지셨네
무릎걸음의 희붐한 고요가 영영 한창이었네
오월의 옛집마냥 심정 푸르른 폐허였네
다 울지 못한 울음, 물앵두 한 그루로 접혀 있었네
오래 묵여 둔 몸의 소용돌이 찬란하게 떨구고 있었네
젖은 신을 끌며 돌아오다 마주친 석양 같은 것
붉게 웅크리다 뛰어내린 호젓한 이름 같은 것
절터는 매듭 없는 풍경을 흠씬 벗어 놓았네
폐허의 숨결 들을 달콤한 귀 하나면 족한 봄날이었네
뭉텅뭉텅 마음 져 버리기 좋을 봄날이 바람 불고 있었네

자전거

더는 경쾌한 발을 수행하지 않는다
잊힌 것들의 표본처럼 멈추어 있을 뿐이다

갇힌 바깥에서
잔등은 아무렇게나 까발려진다

명징하게 떨어지는 목련의 몽유가
멎은 마음에 얹힌다

몸을 꺼뜨리며
엉금엉금 속력의 기억을 닫는 봄

수양버들 아래

저어기 저 벤치
설거지할 때 내려다보이는 작은 창 너머 저 벤치
맞댄 잎을 주렴처럼 늘어뜨린 수양버들 그 아래

한눈에도 앳된 연인이 버들 새잎같이 기울어 있다

무릎이 무릎에 도꼬마리처럼 붙어서
낮디낮은 풍속에도 히뜩, 어깨로 자꾸만 재우치는 봄

바투 기우는 맹목의 기원은 어디인가
닿고 또 닿기가 천만 번쯤은 그래도 안 되려나

사랑의 첫 번째 기술로 기울어지기를 구사하는,

버들잎이나 쉬이 떨어지던 한가한 벤치
동네 강아지 구역 표시나 지리던 무료한 벤치에

미풍이 분다
나리려던 새 떼 깜짝 날아오른다

검진

은신의 속도가 다른 몸의 밀실을 열람합니다
트림은 절대 금물
생의 가판대를 지나는 동안
앞주머니에 색깔별로 숨긴 욕망의 문신과
냄새나는 발톱으로 살살 지켜 낸 밥의 변명들
구취로 끌어올리지 말아요
공갈빵처럼 냅다 배를 부풀려 보세요
말끔히 비운 위장은 숭고한 식욕의 태엽입니다
달팽이관 습지는 오늘도 말의 딱지들로 축축합니다
권태 가득한 아기집은 그만 폐쇄하세요
검붉은 배반의 꽃이 번질 수 있으니 되도록 체온을 낮추
어요
어둑신한 사랑니는 따로 먹은 마음이 있을까요
유행가 한 소절에도 눈빛은 부화할 수 있습니다
홍채는 번갈아 가며 제대로 가리자구요 꾸욱,
시간의 발목에 웅얼웅얼 물집들이 부풀어요
켜 둔 식탁의 알전구에 차례로 불이 나가듯
물렁한 나의 집은 어제보다 한층 어두워지는 중입니다

미간

봄날이라는 처소와
고독이라는 미간 사이

촌로는
여름이 오면
도라지꽃 반점을 벌겠다고

밭고랑 촘촘한 적막을 들춰
생을 찔러 넣는다

뻐꾸기 부추기는 산그늘 외로움
종일 혼자 솎는다

난전 서신

이번에는 화분 깨는 일을 얻었습니다 사랑은 여즉 별반 차도를 얻지 못하고 매한가지 난전살이입니다 내 앞에서 그리 웃지 마세요 내 화해는 속내만큼 살뜰하지 못했습니다 수중에 으깨질 마음 한 조각 남지 않은 건 여간 다행한 일이 아닙니다 여기까지 와 보니 깨쳤다는 이들의 말씀이란 혼자 남기에 도통한 뒤의 어법이었습니다 당신이 비워진 내 심경은 그지없이 쇠락해졌고 당신을 물들일 아름다운 염료를 한 번도 구하지 못했다는 대목에서는 지금도 목이 멥니다 과일 싼 봉지처럼 벌레와 비의 시간을 견디었습니다 꽃의 집이었던 이 화분들처럼 목숨의 집이 바래 갑니다 이것들을 콸콸 부수어야 하다니요 이 일을 마치면 내 심경의 마지막 부산물인 그림자에 쉬고 싶습니다 파열음을 모으신다면 문간에 내놓겠습니다 불구덩이에서 단단해진 흙의 내재율도 수습해 놓겠습니다 딱히 사주한 적 없건만 각다귀같이 무릎에 봄볕이 내려앉습니다 당신을 조마조마하던 그 한때의 이력을 봄이었다 할 수 있을지 되짚어 봅니다 산천의 저 사태가 원 없이 눈부십니다만 이제 내게는 별무신통할 따름입니다 그럼 이만 총총

그 나무 붉은 지문 밑

그럼에도 그 꽃나무 아래서 만나자 했다
그러니까 더욱 그 꽃나무 아래로 찾아오라 했다

새 옷 입는 꿈을 꾸었다는 낭신은
차디찬 이월의 매화에 눈썹을 그려 넣자 했다
달콤한 맹세 같은 향기에 부빈 눈과 귀 멀어 보자 했다

나무는 방금 잊히어서 죽었다 울었다 하는 구원과
첫 꽃 구사하는 물색없는 사랑들에 둘러싸여 있다

삼백 년을 저렇듯 기다려서
한 가지 말과 일색의 마음인 꽃잎을 짓는 중이다
제발 만지지 말아 달라는 간청을
헛된 다짐으로라도 지켜 주고 싶게 하는 것이다

붙들 수 없는 꽃잎경을 알아듣게 고쳐 건네는
그 나무 붉은 지문 밑
우리는 그렇게 잠시 서로를 알아보았다

접경의 녹지와 곳곳의 당신

김동진(문학평론가)

1. 흑백에서 돋는 식물

"흑백 한 문장". 시집의 제목을 보고 가장 먼저 떠오르는 이미지는 페이지 위에 일정하게 놓인 글자들의 모양새다. 하얀 종이 위에 일정한 간격으로 놓인 검은 글자들의 단출하고 정갈한 느낌이 꼭 박은형 시인이 구사하는 담백한 말씨를 닮은 것도 같다. 그러나 문장 속에서는 다양한 식물들이 넝쿨처럼 뻗어 나오고, 우리의 머릿속에 정원을 틔운다. 식물이 등장하지 않는 시를 꼽는 것이 어려울 정도로 시집에는 다양한 식물들이 많이 등장한다. 물론 언제나 그것들이 시의 중심을 차지하고 있는 것은 아니다. 분위기를 만드는 소품으로 사용될 때도 있고, 비유를 위한 소재로 차용되는 경우도 있다. 그러나 이렇게나 꾸준히 등장하는 식물은 독자에게 시집을 읽어 나갈 방향을 분명하게 지시한다.

시집 곳곳에서 식물이 발견되는 것은 시인이 그것을 이

미지로 문장 속에 파종했기 때문이다. 물론 시집을 읽고 나면 알 수 있지만, 시인이 생태주의자라거나 군자의 덕을 숭상하기 때문에 식물의 이미지를 빌용하는 것은 아니다. 그렇다면 시인이 세계를 식물 모양으로 문장에 담아내기까지의 과정을 추측해 보고, 그의 내면세계에 도달하는 일이 독자들의 몫이라고 할 수 있다. 그리고 그것이 흑백의 문장을 '읽는' 행위이며, 시집을 읽는 즐거움일 것이다.

2. 미지를 헤매는 사람들

저녁의 단문이어서 흰, 태생이 후렴이어서 흰, 들키지 말라고 아니 들키라고 흰, 될 대로 되라고 문틈에 끼워 놓은 조바심이라서 흰, 등대처럼 한 송이로 무성해서 흰, 꽉 들어찼음에도 자꾸 쏠리는 눈자위라서 흰, 모르게 져 버리는 미혹이라서 흰,

당신이라는 단 한 번의 미지

—「박꽃」 전문

온통 새하얀 「박꽃」이 시집을 연다. 박꽃은 '흰' 면적으로 "당신이라는 단 한 번의 미지"를 담아낸다. 화자는 흰 꽃잎에서 '당신'과, '당신'을 보는 자신을 본다. '당신'과 관련하여 화자가 느끼는 감정은 '조바심'이다. 그것은 문틈에 편지를 밀어 넣고 느끼는, 들키길 바라면서도 들키지 않기를 바라

는 듯한 양가적인 마음이다. 화자에게 '당신'은 너무 밝아서 멀리서도 보이는 등대 같기도 하고, 이미 화자의 마음을 가득 채웠지만 자꾸만 눈길을 끄는 그런 사람이다. 화자는 그런 자신의 마음을 '당신'이 알아주었으면 하는 동시에, 거부당할까 두려워 차라리 몰라주었으면 하는 것이다. 이러지도 저러지도 못하고 문 앞을 서성거리고 있는 동안에도 '당신' 생각은 후렴처럼 머릿속에 반복되고, 망설이는 사이에 '당신'은 언제 그랬는지도 모르게 져 버린다. 끝내 돌아오지 않는 "단 한 번의 미지"가 되는 '당신'이 시 속에 있다.

어쩌면 시집을 읽는 누군가는 화자에게 문을 열고 '당신'을 직접 마주할 필요가 있다고 말할지도 모르겠다. 하지만 화자는 그러지 않는다. "될 대로 되라고" 말을 하면서도 절대 '당신'의 문을 여는 일이 없다. 이웃과 "동시에 현관문을 나서고 딸깍 목례하는 일"을 생각하며 현관에 서서 "없는 기척을 듣는"다거나(「타이밍에 관한 성찰」), 고시텔의 방들이 사실은 "모두 누군가의 옆방"이라며 "손잡이만 뽑아내면 굴곡 없이 안전하게/수평이 될" 것이라 서술하면서도 누구에게도 손잡이를 뽑아 버리자 제안하지 않는 모습처럼(「끝방」) 『흑백 한 문장』 속 화자들은 타인에게 접근하고 싶으면서도 좀처럼 가까워지기 위한 행동을 취하지 않는다. 문틈에 편지를 꽂아 두는 게 아니라 문을 열고 인사를 건네면 될 텐데, 좀처럼 그 문을 열지 않는 것이다.

그것은 타자의 문을 열고 안으로 들어가는 것이 폭력의 한 형태라는 것을 시인이 충분히 알고 있기 때문이다. 폭력에 대해 점점 날을 세워 나가는 시대에, 타자의 영역으로 침입하는 일이 비판받는 것은 당연하게 느껴지기도 한다. 이것은 비단 사람만을 대상으로 하는 것은 아니다. 일인칭의 주체가 세계의 사물과 타자에게 자신의 감정을 투사하는 어투 역시 많은 비판을 받았다. 꽃이 예쁘다는 말이, 낙엽이 슬프다는 말이 폭력이 된다. 감수성은 이제 '외부 세계의 대상에 의해 주체의 감정이 움직이는 것'이 아니라 '주체가 대상의 위치에서 세계를 감각하는 것'이 되었다. 이것을 잘못되었다 말할 수는 없을 것이다. 폭력에 대한 새롭고 예민한 감각을 얻는 것은 분명 사회를 더 나은 방향으로 이끌 수 있는 나침반이 될 것이기 때문이다.

그러나 근본적인 문제가 남는다. 새로운 의미의 감수성은 실현될 수 있는 것인가? 태생적인 인간 인식의 한계 속에서 타자의 입장을 이해하려는 시도가 폭력이 될 수 있다면, 우리는 '당신'이라는 이인칭 명사 앞에서 무엇을 할 수 있을까. 비폭력을 향한 자기 검열을 극단으로 밀고 나갈 때, 타인은 철저한 미지의 영역으로 귀속되고 주체는 그에게 가는 길을 잃는다.

뜨거운 여름날을 술잔에 섞는다 기다린 지 아흐레쯤의
홍안을 탄 것도 같다 초록 골짜기를 따라온 여행자들의 눈
빛에 촘촘하고도 단출한 먼 곳이 들었다 눈빛의 접경을 음
독(飮讀)한다 오늘 만난 내일 먼 사이, 몇 시간 어깨를 겯고
하루치 고독을 건넌다 멀리 가까워지는 것은 가까이 멀어지

는 일 우리는 모두 옛사랑과 옛사람이 될 기꺼운 슬픔을 지니고 산다

곳곳에 있는 당신에게서 먼 술잔이 빈다 떠나온 자들의 의식처럼 아주 먼 척, 초록 골짜기를 따라 떠도는 이의 술잔이 빈다

혹서를 견디며 미지의 뒤꼍에서 백일홍이 진다 붉은 밤들을 틈타 여행자들은 말없이 떠나야 한다 나는 반대쪽으로 길을 잡을 것이다 이 여름밤은 모두 초록 골짜기에서 갈라졌다 우리는 이름을 묻거나 얼굴을 기억하지 않은 채 제 방향대로 흩어졌다

—「여행자」 전문

그 증거처럼 시 속에서 사람들은 엇갈리고 흩어진다. "초록 골짜기"를 따라 이동하는 여행자들은 눈빛을 주고받으며 서로의 접경을 읽어 나가지만, "오늘 만난 내일 먼 사이"를 극복할 수 없다. 하루치 코스 속에서 서로의 고독을 다독여 주는 역할 정도만 수행하면서 "모두 옛사랑과 옛사람이 될 기꺼운 슬픔을 지니고" 길을 간다. '당신'이라는 미지 뒤에서 지는 백일홍을 보고도 아무 말을 할 수 없다. '잊힐 권리'라는 말 앞에서 우리는 스쳐 가는 이들의 "이름을 묻거나 얼굴을 기억"하는 일조차 할 수 없다. 목표했던 먼 곳에 가까워지는 것은 가까이 멀어지는 일이라는 화자의

서술은, 비폭력이라는 원대한 목표를 향한 검열의 극단에서 바로 옆에 선 타자와 멀어지는 우리의 모습을 놀랍도록 잘 담아낸다.

「여행자」를 포함해서, 시집 곳곳에 등장하는 '당신'은 대부분 지시 대상이 명확하지 않다. 그것은 시인이 구사하는 '당신'이라는 말이 "곳곳에 있는" 존재를 가리키기 때문이다. '당신'은 특별한 누군가가 아니라 불특정한 '타자'들을 일컫는 말이다. 시인은 자신의 시에서 타자들을 지속적으로 호명하며 말을 건넨다. '당신'의 잦은 출현은 시인이 삶 속에서 고민하는 바가 그곳에 있다는 증명이다. 시인은 타자와 세계를 고민한다. 다른 사람들과 "반대쪽으로 길을 잡을 것"이라는 발화가 눈을 끄는 이유다. 그의 여행은 모든 여행자들의 길잡이가 되어 줄 "지상의 북극성"(「꽃집이 있었다」)을 찾아 떠나는 여행이다. 여행자들은 여전히 서로를 모른 채 길을 나서겠지만, 하나의 점을 향해 나아간다면 흩어지지는 않을 수 있다. 타자라는 미지를 고민하던 박은형 시인이 적어 나가는 문장들은 모두 그가 여행길에 찍은 발자국들이라고 해도 좋다. 하지만 의문이 들기도 한다. 어째서 시인은 타자와의 관계를 유지하려고 애쓸까? 그냥 관계를 포기해 버리고 살아가면 안 되는 것일까?

3. 죽음이 펼쳐 내는 슬픔의 길

채혈의 전말을 약솜으로 꾸욱 누른 그가 돌아오자

보호자라는 신분이 내게 매겨졌다

소독되는 순간에도 착실히 늙었으니 별일이야 있을라구
요
조바심 같은 거,
거즈로 퉁퉁 처매 놓으며 혼자 중얼거릴 때
전광판이 병색의 진행을 순번대로 흘려 놓는다

문명이 크다고 이름난 옛 토성 옆 이 병원 자리는
그 옛날 몸통 끄트머리에 빛을 심은 날벌레 족속이
주식인 이슬 사냥을 하던 곳은 아닐까

열흘 남짓, 그 빛을 헐어 캄캄한 공중을 다 쓴 녀석들이
더 이상 꽁무니를 밟히지 않아도 되었을 때는 어떤 상심
이었을까

지갑 짐을 오래 지고 온 그의 왼쪽 꽁무니가 표 나게 처져
있다
궁지이거나 경지인 병원 귀퉁이에서 뜬금없이 나는 반딧
불이 생각을 한다
                                —「반딧불이 생각」 부분

시인의 여행길을 따라가다 보면 덜컥, 죽음의 문제를 맞
닥뜨린다. 흥미로운 것은 죽음이 데려가는 존재가 화자가

아닌 다른 사람, 즉 타자라는 점이다. 화자가 죽음을 촉지하는 사건은 '그'와 함께 병원을 찾았을 때 일어난다. "채혈의 전말"을 지닌 '그'가 다가오는 모습에서 화자는 반딧불이를 떠올린다. 반딧불이는 꽁무니에서 빛을 밝히며 밤하늘에 그림을 그리는 아름다운 모습으로 유명하지만, 실제로 빛을 낼 수 있는 시간은 "열흘 남짓"이 전부다. 호흡을 따라 반짝이는 그들의 불빛은 명료한 삶의 증명이지만, 시시각각 죽음으로 나아가는 발걸음의 족적이기도 하다. 사람이 병원에서 치료를 받는 일과 반딧불이가 며칠의 생을 늘리려 이슬을 사냥하는 행위가 겹쳐 보인다. 거듭되는 삶의 연장에도 죽음이라는 결말은 변하지 않고, 그 고리를 이탈할 수 없다는 뚜렷한 한계가 있음을 알게 되는 것이다. 화자는 삶이 태생적으로 죽음과 굳게 연결되어 있다는 것을 체감한다.

탄생과 죽음의 친연성과 더불어, 타자의 죽음이 던져 놓는 파문은 시집 곳곳에서 관찰된다. "꽃이 가고 나비가 일고 어머니 곰곰 지는 일"을 "무심한 풍경들로" 받아내는 '봄'의 모습에서 위화감을 느끼거나(「작약」), "아버지 제상을 물리"며 죽음이 "남은 식솔의 평생을 이별이게 하는 것"이라는 사실을 깨닫게(「거듭 휘는 봄밤」) 만드는 것은 타자의 죽음이 화자의 내면에 남기고 간 커다란 구멍이다. 그것은 우리가 상실이라고 부르는 것이다. 이는 아주 중요한 사실이다. 타자가 사라졌을 때 주체의 내면에서 상실이 발생한다는 것은, 타자가 주체의 구성 요소였다는 증명이기 때문이다.

이 지점에서 화자는 독립적이고 배타적인 존재가 아니라 관계 속에서 정의되는 존재로 변모한다. 화자에게 부여되는 "보호자"라는 이름 안에는 화자와 '그'가 "빳빳한 귀 무수히 궁글리며 서로를 재발명한 시간들"(「손거울」)이 집약되어 있다. 관계에서 축적되는 경험으로부터 타자는 블록이 되어 화자를 쌓아 올리고, 그것은 곧 우리가 타자를 포기할 수 없는 이유를 말하는 문장이 된다. 타자의 배제는 곧 주체의 붕괴다. 타자는 진입할 수 없는 미지의 존재이지만, 그와 함께 걸어가야 하는 것이 바로 주체의 운명이다.

주남지 왕버들이 연두를 시동 겁니다
넌짓한 마음을 단숨에 뜯어내는 승냥이 떼 같습니다

늦으면 늦은 대로 연두를 따라붙으려
두툼하게 녹이 난 슬픔이나
생애 첫 연서의 무용한 형식에 대해 고심합니다

일몰의 긴 회랑이라면 눈부신 졸음
폐역의 늦은 당신이라면 단팥죽 한 그릇
빈 식탁이라면 먼지를 보여 주는 흑백 한 문장

다발로 묶어 연두를 실어 갈 당나귀 어디 없을까요
당신과 나의 담장에도 뭉개질 만큼만 놓아기르기로 해요

연두가 그저 몇 걸음의 눈 배웅에 관여하는 거라면
나는 말할 수 없이 쓸쓸해서 꼭 살겠습니다

전승된다면 사랑
죽음이라면 끄덕끄덕 자장가까지
저수지 너른 고독에 찔려 신접의 병상처럼 에는 것

내 마음을 따라잡는 연두였다고 중얼거립니다

—「연두」전문

　새로 돋아나는 잎의 연둣빛이 "넌짓한 마음을 단숨에 뜯
어내는 승냥이 떼 같"다고 「연두」의 화자는 말한다. '연두'의
"풍성하고 연한 질감"이 "죽음을 못 알아볼 리 없"(「도화복
음」)게 만들기 때문이다. 자신의 내부를 이루던 타자의 죽음
을 목도한 시인은, 삶과 죽음의 거리감을 의식하고 돋는 잎
의 종말을 미리 당겨 본다. 그런데 화자는 '연두'를 "당신과
나의 담장에" "뭉개질 만큼만 놓아기르"자고 말한다.
　마음을 소란케 만드는 '연두'를 잔뜩 기르자는 말이 쉽게
이해되지 않는다. 그러나 '연두'로 표상되는 타자의 죽음이
"그저 몇 걸음의 눈 배웅에 관여하는 거라면" "말할 수 없
이 쓸쓸해서 꼭 살겠"다는 화자의 말이 그 이유를 언뜻 보
여 준다. 화자가 '당신'과 자신의 담장에 '연두'를 뭉개질 만
큼 놓아기르자고 말하는 이유는, '연두'가 담장을 무너뜨릴
수 있다는 믿음에 있다. 안과 밖의 접경인 "일몰의 긴 회랑"

에는 누구나 걱정 없이 꾸벅꾸벅 졸 수 있는 안정감이 필요하고, "폐역의 늙은 당신"에게 몸을 데워 줄 "단팥죽 한 그릇" 정도의 온정도 필요하다. 그와 나란히 앉아 식사를 할 수 있는 식탁이 오랫동안 비어 있었음을 증명하는 먼지를 너머의 '당신'이 볼 수 있도록 담장이 허물어지기를 화자는 바란다. 시인은 죽음이 주체의 견고한 성벽을 무너뜨릴 수 있을 것이라 믿기에 '연두'를 담장에 잔뜩 놓아기르자고 말하는 것이다.

화자는 '연두'를 따라붙으려 녹이 날 정도로 오래된 슬픔과 순수한 "생애 첫 연서의 무용한 형식"을 고심한다. 슬픔은 오래된 것이지만 사랑은 새로운 것이다. 인류애라는 말이 있을 정도로 사랑은 갈라진 인간의 틈새를 이어 줄 수 있는 가능성으로써 보편적인 믿음을 받아 왔지만, 시인이 고민하는 것은 생애 첫사랑의 "무용한 형식"이다. "사랑의 첫 번째 기술로 기울어지기를 구사하는" "앳된 연인"의 모습이 "동네 강아지 구역 표시나 지리던 무료한 벤치"를 색다르게 물들이거나(「수양버들 아래」), "다짜고짜 사내를 끌어" "홍매화 입김" 맡게 하는 "반백 남녀의 걸음"이 "시시로 뚱뚱해지는 무정"을 "스윽 헤쳐 놓는" 모습(「월하정인」)은 분명 타자와의 관계에 집중하는 시인이 주목할 만한 것이지만, 믿음을 줄 수 있는 사랑의 범위를 좁히는 이유는 무엇일까. 그 이유는 사랑이라는 이름이 지난 역사에 남긴 궤적 속에 있다.

요즘 내 사랑은 단 한 번의 진짜라구요

애인의 심장에 체인을 감아 주며 친친,
짓무른 녹 냄새 입김마다 풍기던 사람 생각이 난다

작은 나무였을 때
그저 햇빛에 반짝이는 것만으로 어여쁜 사랑이었을 때
옆구리 철렁 장전된 것이 쇠사슬 다발이라니

몸통 여물수록 우지끈 쇠고랑을 만발하는 나무는
두툼하고 뼈아픈 덩이 슬픔 함께 매몰한다
ㅡ「사슬나무」부분

젠더 분야를 비롯한 많은 담론들이 지적하듯, 역사와 생활 곳곳에 사랑이라는 이름을 위장한 폭력들이 존재하고 있다. "요즘 내 사랑은 단 한 번의 진짜"라고 주장하는 사람이 사랑을 볼모로 "애인의 심장에 체인을" 감는다. 시인은 사랑이라는 감정의 가능성 자체를 부정하지는 않는다. 그러나 "햇빛에 반짝이는 것만으로 어여쁜 사랑이었"던 것이 "옆구리"에 "철렁 장전"되는 "쇠사슬 다발"이 되는 것을 목격했다. "입 모양을 감추"더라도 "사랑은 발음되는 것"이지만(「동쪽」), 폭력의 역사는 사랑을 "낡은 뒤에는 전혀 딴판의 이목을 하고 돌아다니기도 하는", 그래서 긴장을 늦출 수 없는 "사랑이라는 의심"으로 바꾸어 놓았다(「미루나무 붉은 서쪽」).

인류의 유대를 지탱한다고 믿어 온 사랑이 이제 의지할 수 없는 말이 되었을 때, 시인은 슬픔에 집중한다. 쇠고랑이 나무에 새긴 흉터에는 "두툼하고 뼈아픈 덩이 슬픔"이 녹아 있기 때문이다. 슬픔을 감각하는 일은 나무의 흉터를 감각하는 일임과 동시에, 그것을 새겨 넣은 쇠고랑의 존재를 포착하는 것이다. 우리의 감각이 슬픔으로 열릴 때 펼쳐지는 삶들은 모두 고난과 상처를 안은 것들일 수밖에 없다. "동이 트지 않은 강가"에서 "모성과 가난의 중력을 압정처럼 박은 여자"가 "불꽃을 들고도 빛 한 점 내지 않"고 "어둠으로 떠"도는 모습이나(「디아」) "엄마가 사 준 빨간 장화"를 신고 "어둠 속 쓰레기산을 뒤지"는 '소녀'에게서 느껴지는 "슬픔의 기후"가 그것이다(「빨간 장화를 신은 나디아」). 그들의 불합리한 삶은 젠더 폭력에서 비롯되었을 수도 있고, 기형적인 사회·경제적 계급 구도에서 배태되었을 수도 있다. 그 원인이 무엇이든, 타자의 모습에서 슬픔을 감지하는 것이 그 원인에 도달하기 위한 첫 단계다. 타자의 존재가 나의 일부였음을 죽음이 보여 주듯이, 타자에게 가해지는 폭력의 원인을 슬픔이 드러낸다. 슬픔이 내는 길을 따라가면 그 끝에서 타자를 위압하는 폭력을 만나게 되는 것이다.

4. 나무가 되자는 기도

염천을 옭아매 내장의 물기 바짝 걷기라도 하듯
제 안의 울음, 짐승처럼 빨아내는 여자에게서

울 자리를 분별할 수 없을 때라야
생이 보다 간결해진다는 한마디를 옮겨 적는다

여자는 오래 운다
　　　　　　　　　　—「울음사막의 여자」부분

「울음사막의 여자」에서도 화자는 슬픔을 감지하고 있다. 화자는 "세 안의 울음, 짐승처럼 빨아내는 여자"를 보고 "울 자리를 분별할 수 없"는 슬픔이 닥쳐올 때 "생이 보다 간결해진다는 한마디를", "여자는 오래 운다"는 말을 "옮겨 적는다". 여자가 오래 운 것을 알기 위해서는 화자 역시 오랜 시간 그 여자를 지켜보았어야만 한다. 화자에게 그리고 시인에게 타자의 슬픔은 그 사람의 지난 삶과 폭력의 흔적을 감각할 수 있는 아주 중요한 통로다. 타자에게 관심을 기울이는 시인에게 "마음 닳아 버리는 이치가" "종말"인 듯 펼쳐지는 "눈물"은 마치 타자로 향하는 "아름다운 문 아니면 그런 유형의 문장처럼" 보인다(「도라지꽃」).
　하지만 시의 화자들은 슬퍼하는 이들에게 손을 내밀지 않는다. 길거리에서 우는 여자를 보면서도 "여자는 오래 운다"는 말을 옮겨 적을 뿐, 다가가서 위로를 건네거나 함께 울어 주지 않는다. 강가에서 디아를 파는 여인과 그 품에 안긴 아기를 볼 때도 자신이 "이 어린것에게 무엇을 해도 될까요?"(「디아」) 고민하며 망설인다. 슬픔은 시인이 타자의 입장에서 폭력이 무엇인지 가늠하고, 그것을 저지르지 않으면서 서로의 접경에 쌓인 배제의 담장을 헐기 위해 선택한 나침반이었을 테지만 아직도 시인은 타자를 향해 나아가지 못한다. 북극성을 찾기 위해 죽음과 상실을 거쳐 슬픔까지 도달한 시인의 여정은 결국 실패로 끝나는 것일까.

그럼에도 그 꽃나무 아래서 만나자 했다
그러니까 더욱 그 꽃나무 아래로 찾아오라 했다

새 옷 입는 꿈을 꾸었다는 당신은
차디찬 이월의 매화에 눈썹을 그려 넣자 했다
달콤한 맹세 같은 향기에 부빈 눈과 귀 멀어 보자 했다

나무는 방금 잊히어서 죽었다 울었다 하는 구원과
첫 꽃 구사하는 물색없는 사랑들에 둘러싸여 있다

삼백 년을 저렇듯 기다려서
한 가지 말과 일색의 마음인 꽃잎을 짓는 중이다
제발 만지지 말아 달라는 간청을
헛된 다짐으로라도 지켜 주고 싶게 하는 것이다

붙들 수 없는 꽃잎경을 알아듣게 고쳐 건네는
그 나무 붉은 지문 밑
우리는 그렇게 잠시 서로를 알아보았다
                              ―「그 나무 붉은 지문 밑」전문

『흑백 한 문장』의 마지막에서 시인은 "그럼에도 그 꽃나무 아래서 만나자"고 말한다. 시인은 앞서 먼나무 아래로 "딱 슬픔 하나만 개종하지 말고 오"라는 말을 남겼다(「먼나무 편지」). 그것은 시인이 타자에게 폭력을 저지르지 않게 우리를 막아 줄 방편으로 슬픔을 믿고 있기 때문이다. "꽃나무"는 죽음과 울음으로 둘러싸여 있고, 아직 변질되지 않은 사랑을 꽃으로 피운 채 가만히 서 있다. 삼백 년이라는 시간을 오로지 "한 가지 말과 일색의 마음"으로 서서 가만히 꽃잎을 떨구고 있는 것이다. 이것이 바로 식물의 가장 큰 특성이다. 식물은 움직이지 않는다. 따라서 그 어떤 다른 것에게도 스스로의 의지로 위해를 가하는 일이 없다. 식물의 이러한 면모가 화자로 하여금 "제발 만지지 말아 달라는" 타자의 간청을 "헛된 다짐으로라도 지켜 주고 싶"다는 마음을 품게 만든다.

자리를 지키고 있는 식물은 쓰러진 타자를 일으켜 세우지도, 그의 뺨에 흐르는 눈물을 더듬어 주지도 못한다. 그러나 적어도 "만지지 말아 달라"는 간청을 지켜 줄 수는 있다. 지금껏 타자화되던 존재들의 목소리가 수면 위로 올라오고, 일상적인 영역에 존재하던 다양한 폭력의 양상이 드러나는 시대에 우리는 쉽게 타자에게 다가갈 수 없고 다가가서도 안 된다. 이때 우리가 해야 하는 일은 타자를 포기하는 것이 아니라 폭력을 멈추는 동시에 관계가 끊어지지 않도록 서로 간의 거리를 조절하는 일이다. 시집에서 '우리'는 언제나 지나가고 엇갈리는 존재들이지만 「그 붉은 나무

지문 밑」에서만 "잠시 서로를 알아"본다. 시인은 바로 그 지점에서 가능성을 본다. 그래서 "그럼에도"이고, "그러니까 더욱"이다. 슬픔의 길을 따라 도착한 꽃나무 아래에는 "꽃잎경"을 "알아듣게 고쳐 건네는" 시인이 있다. "꽃잎경"은 잠시나마 서로를 알아볼 수 있는 "그 꽃나무 아래"로 수많은 '당신'들을 부르는 초대장이다. 『흑백 한 문장』이다.

'당신'이라는 흰색 위에 "눈을 뜨고도 꾸게 되는 슬픔"(「검은 꿈」)이 심겨 문장이 되고 문장은 식물을 틔웠다. 아쉽게도 우리가 도착한 나무 아래는 낙원도 아니고 종착지도 아니다. 안주할 수 없는 언덕이고, 떠나야만 하는 그늘이다. 그러나 그 아래서 우리는 서로를 잠시나마 알아볼 수 있다. 이제 타자를 파괴하지 않기 위해 폭력의 새로운 경계를 잡아 나가는 일이 우리에게 남았다. 그동안 우리는 슬픔을 한 손에 꼭 쥐고 있어야겠다. 만지지 말아 달라는, 아프다는 타자의 신호를 언제든 잡아낼 수 있도록. 그리고 먼 곳에 가까워지며 가까이 멀어지지 않도록. 시인은 꽃나무 아래서 "흑백 한 문장"을 쓰면서, 언제까지고 서로의 접경에서 식물을 키우고 있을 것이다. "사람이라는 오지"(「낭만 관리소」)를 헤매는 곳곳의 '당신'들을 위해서.